AF602905

23 décembre 1891

VENTE

DES

Mercredi 23 et Jeudi 24 Décembre 1891, à 2 heures

HOTEL DROUOT — SALLE N° 5

CATALOGUE

DE

GRAVURES, EAUX-FORTES, DESSINS, TABLEAUX

AQUARELLES et OBJETS D'ART

Concernant l'Histoire

DE LA

RÉVOLUTION FRANÇAISE

60 BELLES GOUACHES

REPRÉSENTANT LES

DRAPEAUX des SECTIONS DE PARIS en 1789

TAPISSERIES ANCIENNES

EXPOSITION PUBLIQUE

Le Mardi 22 Décembre 1891, de 1 heure à 5 heures et demie.

Me H. SANONER

COMMISSAIRE-PRISEUR

27, rue de Châteaudun.

M. GANDOUIN

EXPERT

31, rue des Saints-Pères.

IMPRIMERIE CENTRALE DES CHEMINS DE FER. — IMPRIMERIE CHAIX.
RUE BERGÈRE, 20, PARIS. — 26000-11-01.

CONDITIONS DE LA VENTE

Elle sera faite au comptant.

Les adjudicataires paieront, en sus de l'adjudication, **cinq pour cent** *applicables aux frais.*

L'exposition mettant le public à même d'examiner à loisir les objets à vendre, il ne sera admis aucune réclamation, une fois l'adjudication prononcée.

L'ordre numérique du Catalogue sera suivi.

Les Tapisseries seront vendues le Mercredi, à 5 heures du soir.

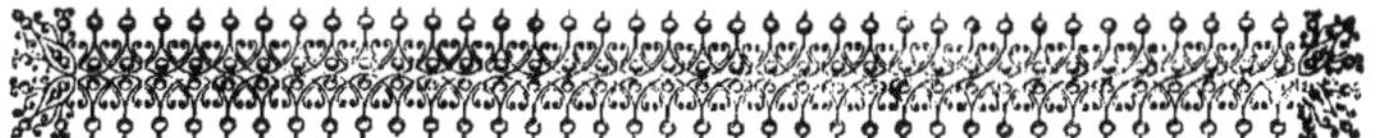

DÉSIGNATION

1 — *Convoi de très haut et très puissant Seigneur des* ***Abus***, mort sous le règne de Louis XVI. — Grande pièce imprimée en bistre. — A Paris, chez Sergent.

2 — MEUNIER. — *Vue du Champ de Mars, à l'instant où le Roi, les Députés à l'Assemblée Nationale et les Fédérés réunis y prononcent le serment civique le 14 juillet 1790.* — Vue prise du côté de Grenelle. — Pièce en couleur. — Gravé par F. Janinet.

3 — MEUNIER. — *Vue du Champ de Mars, à l'instant où le Roi, les Députés à l'Assemblée Nationale et les Fédérés réunis y prononcent le serment civique le 14 juillet 1790.* — Vue prise du côté de Grenelle. — Pièce en couleur. — Gravé par Janinet.

4 — *Entrée du Roi à Paris, le 6 octobre 1789.* — Gravé à l'aquateinte. — Pièce en couleur. — Grandes Marges. — London, chez B. Vander Gucht et J. White.

5 — *Entrée du Roi à Paris, le 6 octobre 1789.* — Gravé à l'aquateinte. — Pièce en couleur. — Petite marge. — London, chez B. Vander Gucht et J. White.

6 — *Histoire de la Grande Semaine, Scènes historiques des 27, 28, 29 juillet 1830.* — Grande pièce coloriée, dessinée par l'auteur.

7 — *Procession de la fameuse ligue contre Henri IV, en 1593.* — A Paris, chez Jean.

8 — *Massacre des Huguenots,* fait à Paris le 24 août 1572, jour de Saint Barthélemi, au moins de dix mille d'entre eux, entrautres De Gaspar de Coligny, Amiral de France, et de plus de cinq cents seigneurs ou Gentils-Hômes. — Déchiré à la marge supérieure. — A Paris, chez Jean.

9 — *D. R.* — *Serment civique a village de N..., en février 1790.* — Pièce. Remargée. — Gravée par Genisson.

10 — *Prise de la Bastille, le 14 juillet 1789.* — Pièce gravée à l'eau-forte, par Thevenin. — A Paris, chez l'auteur, rue l'Évêque.

11 — *Grande armée du ci-devant Prince de Condé.* — M. de Condé dans un boudoir au château de Worms passant en revue l'armée formidable qui lui a été envoyée de Strasbourg par la diligence (1), etc., etc.
Grande pièce satirique coloriée.

12 — Borel — *Louis XVI prononce un discours pour le bonheur de son peuple.* — Gravé par N. de Launay.

13 — *Fête de la Fédération au Champ de Mars.* — Gravure à la manière noire, en partie coloriée.

14 — Girardet. — *Cérémonie funèbre en mémoire du général Hoche,* célébrée au Champ de Mars, le 10 Vendémiaire de l'an VI. — Gravé par l'Épine.

15 — *Adieu Bastille, adieu.* — Pièce satirique, en couleur.

16 — *Aux trois obstinés.* — Pièce satirique. — Imprimée en bistre.

17 — *Un cénotaphe porté par des femmes en pleurs et voilées.* — Pièce satirique. — Gravé à la manière noire.

18 — Raffet. — *Expulsion de Manuel.* — Gravé par Bailly.

18 *bis* Martinet. — *Empoignement du député Manuel au sein de la Chambre.* — Gravé par Réville.

19 — J.-B. Louvion. — *Portrait de Louis XVI,* né à Versailles le 23 août 1754. Marié à Antoinette d'Autriche le 16 mai 1770. Sacré et couronné à Rheims le 11 juin 1775. Et décapité à Paris le 21 janvier 1792. — Gravé par Louvion.

(1) Voyez le *Moniteur* du 23 mars 1791, art. Paris.

20 — *Portrait de M. Necker.* — Épreuve imprimée en bistre.

21 — *Portrait de M. Necker, ministre d'État, directeur général des Finances.* — Se vend à : Paris, chez Faton, au Salon, boulevard du Théâtre-Italien, n° 17 ; Poitiers, place Royale.

22 — *Portrait de M. Necker.* — En couleur. — Avant toutes lettres, marges. — Très bel état.

23 — MOLAND. — *Gui Félix, comte de Pardieu, né en 1758.* — Gravé par Le Vachez fils.

23 *bis* DUCHEMIN. — *Jacques Jallet, curé de Cherigne, né à La Mothe-Saint-Heraye en Poitou, le 13 décembre 1732.* — Gravé par J.-F. Allais.

23 *ter* MERCIER. — *Portrait de M. A. Charrier de Nasbinals, député du Gévaudan, né le 25 juillet 1755.* — Gravé par J.-F. Allais.

24 — MENGELBERG. — *Portrait de Le Fevre.* — Gravé par G. Fiesimger.

25 — DUPLESSI BERTAUX. — *Portrait de Hoche, général des armées de la République française dans le Nord et ensuite dans l'Ouest, né à Versailles, le 24 juin 1758.* — Gravé par Le Vachez.

26 — *Portrait de Hoche.* — Gravé par F^{me} Lefevre. — Se vend à Paris, chez Potrelle, marchand d'estampes, rue Saint-Honoré, 54. — Toutes marges.

27 — *Portrait de Son Altesse Impériale le Prince Louis.* — A Paris, chez Basset. — Épreuve coloriée.

28 — RAFFET. — *Portrait de Marat.* — Gravé par Ransonnette.

29 — J. IRNINBULL. — *Portrait de G. Washington.* — Gravé par J. Le Roy.

30 — BONNEVILLE. — *Portrait de Georges Couthon.* — Gravé par Gauthier.

31 — *Portrait de H. Vandernoot.* — Pièce coloriée. — Gravé à Londres par l'ami des Belges.

32 — *Portrait de Le Chapellier, avocat président, député de Bretagne.* — Pièce imprimée en bistre.

33 — *Portrait de J.-G. le Franc de Pompignan, député du Dauphiné et président de l'Assemblée nationale.* — Épreuve à la manière noire. — A Paris, chez Basset, rue Saint-Jacques, au coin de celle des Mathurins.

34 — *Portrait de M. Bailly, président de l'Assemblée nationale.* — Pièce en couleur. — Gravé par Vérité.

35 — *Portrait de M. le comte de Mirabeau, député d'Aix en Provence.* — Petit médaillon de forme ronde. — Pièce en couleur, marge. — A Paris, chez Bance, rue Saint-Severin, 25.

36 — *Portrait de J.-G. comte de Puisaye, député de la province du Perche, né à Mortagne-au-Perche, le 6 mars 1755.* — A Paris, chez Sergent, rue Mauconseil, n° 62. Et chez Le Vachez, sous les colonnades du Palais-Royal, n° 258. — A Versailles, chez le même, rue des Chantiers, n° 14.

37 — *Portrait de Louis XVI King of France.* — Peint en couleurs. — Au-dessous du portrait de forme ovale une vignette imprimée en bistre représentant la scène de son supplice.

38 — *Portrait de C.-H.-G. Necker, Directeur général des Finances et Ministre d'État.*

39 — P.-M. Alix. — *Portrait de Marie-Ane-Charlotte Corday.* — Pièce en couleur.

40 — David. — *Marat,* tel qu'il était au moment de sa mort. — Gravé par Copia.

41 — *L'Œil du Génie, ou les armes de M. Necker.* — Pièce imprimée en bistre.

42 — *Portrait de Mme Bonaparte, épouse du Premier Consul.* — Pièce coloriée.

43 — Sur une même feuille, *6 médaillons* de forme ronde représentant : le 1er, les 3 ordres ; le 2e, Louis XVI ; le 3e, les portraits de Louis XII, Henri IV et Louis XVI avec au-dessous des portraits XII et IV font XVI ; le 4e, Assemblée des États Généraux ; le 5e, M. Necker ; le 6e, les 3 ordres. — Paris, chez Basset, rue Saint-Jacques, au coin de celle des Mathurins.

44 — *Portrait de Giraux Duplessix, avocat du Roi, député de la Ville de Nantes.* — Paris, chez Basset, rue Saint-Jacques, au coin de celle des Mathurins.

44 *bis* — *Portrait de M. la Poule, ancien Gendarme du Roi, Avocat député du Baillage de Besançon.* — Paris, chez Basset, rue Saint-Jacques, au coin de celle des Mathurins.

44 *ter.* — *Portrait de Jacques-Guillaume Thouret, député de la ville de Rouen, élu président le 11 novembre 1789.* — A Paris, chez Basset, rue Saint-Jacques, au coin de celle des Mathurins.

45 — *Portrait du général Foy.* — Épreuve imprimée sur soie.

46 — *Portrait de Jean-Jacques Laurent, négociant.* — Pièce en couleur. — Avant toutes lettres sur la tablette inférieure.

47 — *Déclaration des droits de l'homme et du citoyen.* — Pièce de forme ovale en couleur. — Gravé par Niquet le jeune.

48 — Nodet. — *Vue de grande parade par l'Empereur, dans la cour du palais des Thuilleries.* — Gravé par Le Grand.

49 — *Vue du Boullevard prise du carrefour de Vaugirard.* — Gravé par Martinet.

50 — *Calendrier de la République française,* pour la deuxième année. — Couché fils, graveur. — Hacq-Scrip.

51 — *Aux peuples, Français, Italiens, Helvétiques, Bataves, etc., etc.* — *Viro Immortali.* — Gravé par Fortier, d'après la Calcédoine de même grandeur, incisée par Bérini à Milan, an XIII.

52 — Charlet. — *La Marseillaise.* — Paris, Jules Laisné, libraire-éditeur, galerie Vero-Dodat, 1. 1840.

53 — *Matinée du Palais-Royal 3 May 1791,* caricature. — Petite pièce sans nom d'auteur.

54 — *Le Général d'Alton poursuivi par les Réverbères patriotiques.* Caricature. — Pièce sans nom d'auteur.

55 — *Révolution de Paris,* n° 33, page 39. — Evénement du vendredi 19 février 1790. — M. le marquis de Favras étant à l'Hôtel-de-Ville y fait son testament de mort, etc., etc.

56 — Duplessi-Bertaux. — *Le Serment du Jeu de Paume l'an* VI *de la République.* — Pièce gravée à l'eau-forte, par Duplessi-Bertaux.

57 — *Aristocrate croyant à la contre-révolution.* — *Aristocrate maudissant la révolution,* deux figures renversées n'en faisant qu'une. — Bureau des Révolutions de Paris, rue Jacob, faubourg Saint-Germain, n° 28, et au mois de mars, rue des Marais, faubourg Saint-Germain, n° 20.

58 — *Serment fédératif prononcé à Grenoble le 11 avril 1790.*

59 — *Carte de membre des Amis de la Constitution établie à Cernay.* — Petite pièce en couleur.

60 — *Cocarde.* — Au centre d'une couronne de feuilles de chêne surmontée d'un bonnet phrygien. — République Française — Liberté — Égalité 1792. — Pièce de forme ronde coloriée.

61 — *Billet d'Entrée.* — Société populaire des Sans-Culottes de Nismes.

62 — *Désespoir des Pensionnaires.* Caricature. — Pièce sans nom d'auteur.

63 — *Nuit du 12 au 13 Juillet 1789.* — Pièce gravée au trait, sans nom d'auteur.

64 — *La Marseillaise.* — Chant national à la France libre. — Gravé par Primaut-Rousset. — Paris 1848, chez Primaut-Rousset, éditeur, rue Mignon, 5.

65 — *Aux Victimes des journées de Juin 1848.* — Grande pièce où l'on voit les principaux épisodes de ces journées mémorables. — Gravé par Chatel et Riester. — Se trouve chez les auteurs, à Paris.

66 — *Maximes du Jeune Républicain.* — Gravé par Quéverdo. — A Paris, chez le citoyen Quéverdo, peintre et graveur, rue Poupée, n° 6, section de Marat.

67 — *Déclaration des Droits de l'Homme et du Citoyen.* — Gravé par Quéverdo. — A Paris, chez le citoyen Quéverdo, rue Poupée, n° 6, section de Marat.

68 — *Jean Espérat, maire d'Aix, 26 mai 1790.* Les annales civiles et militaires, etc., etc. — Pièce sans nom d'auteur.

69 — Gentot fils. — *Vue d'un rocher élevé dans le centre du camp de Fédération tenu sous les murs de la ville de Lyon, le 30 mai 1790.* — A Lyon, chez MM. Gentot, rue Mercière, et Garnier, marchand de musique, place de la Comédie.

70 — Gaitte. — *Huit médaillons sur la même feuille.* — 1er pavillon de Lucienne. — Maison de Mlle de Saint-Germain. — Maison de M. de Sainte-Foix. — Maison de Me de Brunois. — Comédie italienne. — Maison de la rue d'Artois. — Maison de Mlle Guimard. — Comédie Française. — Gravés par Gaitte.

71 — *Au nom du Peuple Français,* figure allégorique. — Pièce gravée à l'eau-forte par Wicat.

72 — Fragonard fils. — *Vérité.* — Gravé par Mariage.

73 — *Voilà le Français.* — Le Français constitutionnel quand même (1830). — A Paris, chez les marchands de nouveautés.

74 — *La Liberté*, lithographie par H. Regnier (1848).

75 — *En-tête de lettre* de l'Agent principal du Directoire central des hôpitaux militaires de la République, chargé du service de l'Isle de Corse.

76 — *Jugement* rendu par la cour d'assises de Laon, qui condamne à la peine de mort Agnès Renould, veuve Dupré, et Rose-Victoire Dupré, sa fille, d'aller au supplice les pieds nus, la tête couverte d'un voile noir, d'avoir le poing droit coupé et la tête tranchée; l'exécution a eu lieu le 6 juin 1827. — Placard. — Douai. Impr. de Wagrez aîné.

77 — Labrousse. — *Rosier, chasseur de la compagnie n° 6 du 1er bataillon du Gard, le 11 septembre 1793. V. S.* — Pièce gravée à la manière noire par Labrousse.

78 — Labrousse. — *Derigue, grenadier au 2e bataillon du Finistère, 7 messidor, an 3e (25 juin 1793. V. S.).* — Pièce gravée à la manière noire par Labrousse.

79 — *Grumian, fille de Landrecies (13 messidor an 3, 11 juillet 1793. V. S.).* — Pièce gravée à la manière noire par Labrousse.

80 — Labrousse. — *Etienne Jallier, cavalier dans le 13e régiment le 23 août 1792. V. S.* — Pièce gravée à la manière noire par Labrousse.

81 — *L'Œuf à la Coque,* pièce satirique représentant les trois ordres. — Pièce satirique gravée à la manière noire. — Marges.

82 — *Un Sans-Culotte instrument de crimes,* etc., etc. — pièce de forme ronde.

83 — Moitte. — *A la gloire de Pierre-Léopold-Joseph,* etc. — Frontispice, gravé par Marais.

84 — Marie-An. Croisier. — *L'Œil du Génie ou les armes de M. Necker.* — Grande pièce gravée à la manière noire, par Guyot.

85 — Le Cœur, — 25 frimaire an XIII (16 décembre 1804). — *Fête du Sacre et Couronnement de Leurs Majestés Impériales.* — Pièce en couleur.

86 — *Saute Marquis ... et toi hypocrite.* — Pièce satirique (1793). — Imprimée en bistre.

87 — *Louis XVI.* — *Sur un trône entouré de la Foi, la Charité et la Justice.* — Sous l'estrade qui le porte on aperçoit des furies en train d'en scier les montants. — Pièce satirique. — Avant toutes lettres.

88 — *Le calculateur patriote* (1793). — Pièce satirique. — Gravé à la manière noire.

89 — *Constitution de la France.* — M. le duc d'Orléans et M. le marquis de la Fayette soutiennent M. Necker qui foule aux pieds les instruments de l'esclavage et qui d'une main soutient la couronne de France et de l'autre porte en triomphe le bonnet de la liberté. — Gravé à la manière noire à Paris chez Bourgeois, hôtel Soissons n° 7.

90 — *Ils les avaient trop longs* (1792). — Pièce satirique coloriée du temps.

91 — Pigal. — *Grande victoire à l'armée.* — Caricature. — Pièce lithographiée. — Déchirures dans les marges.

92 — *Un Menuisier de Nîmes.* — « Sa vie était en danger, j'ai eu le bonheur de la sauver » (13 juin 1790, v. s.). — Pièce à la manière noire.

93 — Sur la même feuille, deux cachots de la Bastille : 1° *Le squelette au masque de fer* ; 2° *Le comte de Lorges.* — Pièce gravée à l'eau-forte.

94 — *Valeur des assignats et autres papiers-monnaies.* — Pièce contenant les fac-similés des papiers-monnaies. — Gravé par Normand fils.

95 — *Réveil du Tiers-État.* — « Ma feinte, il était tems que je me réveillisse, car l'opression de mes fers me donnions le cochemar un peu trop fort. » — Pièce satirique en couleurs.

96 — *28 juillet 1830, Affaire de la Grève.* — « A peine les troupes furent-elles maîtresses de la place de l'Hôtel-de-Ville qu'elles furent fusillées de toutes parts, etc., etc. » — Publié par Leclère, rue des Mathurins-Saint-Jacques, n° 10.

97 — Prieur. — *Massacre des Patriotes de Montauban, le 10 mai 1790.* — Avant toutes lettres.

98 — *Autel de la Patrie de Reims.* — Pièce gravée à l'eau-forte par Meillier. — chez M. Fescourt, à Reims.

99 — *Prise de la Porte Saint-Denis dans la journée du 28 juillet 1830.* — A Paris, chez Mme Ve Targis, rue Saint-Jacques, n° 16, et à Toulouse, rue Saint-Rome, n° 36.

100 — *Le 18 Brumaire.* — Séance du Conseil des Cinq-Cents, tenue à Saint-Cloud, le 19 brumaire. Au Huit. Les braves grenadiers du Corps législatif en sauvant Bonaparte ont sauvé la France. —« Je me présente au Conseil, etc., etc. »

101 - PILLEMENT. — *Tombeau de Jean-Paul Marat,* né à Bouday, comté de Neuchâtel, en Suisse, âgé de 49 ans. — Gravé par Née.

102 — *La Commune de Paris décerne une épée et une couronne civique à Jean Nesham, sujet anglais, le 15 janvier 1790.* — Pièce avant toute lettre.

103 — DUPLESSI-BERTAUX. — *Défilé de Troupes.* — Gravé à l'eau-forte.

104 — DUPLESSI-BERTAUX. — *Combat en Italie.* — Gravé à l'eau-forte.

105 — DUPLESSI-BERTAUX. — *Mort d'un général frappé sur le champ de bataille.* — Gravé à l'eau-forte.

106 — DUPLESSI-BERTAUX. — *Démission des Directeurs.* — Gravé à l'eau-forte,

107 — DUPLESSI-BERTAUX. — *Un Pèlerinage à Saint-Michel.* — Épreuve gravée à l'eau-forte.

108 — DUPLESSI-BERTAUX. — *Le passage du Mont-Saint-Bernard par les troupes françaises.*

109 — DUPLESSI-BERTAUX. — *Embarquement de troupes.* — Gravé à l'eau-forte.

110 — *Bataille de Fleurus sous la première République.* — Pièce de forme ovale en couleur.

111 — *Episode du 27 août 1794.* — Gravure allemande. — Coloriée. — Gravé par Fridrich.

112 — *Épisode du 13 août 1793.* — Gravure allemande. — Gravé par Fridrich.

113 — LABROUSSE. — *Passage du Pont d'Arcole.* — Pièce à la manière noire. — Gravée par Labrousse.

114 — LABROUSSE. — *Louise Vassen, habitante de Paris.* — Pièce à la manière noire. — Gravée par Labrousse.

115 — Labrousse. — *Philippe, soldat du régiment du Château-Vieux et Élise.* — Pièce à la manière noire. — Gravée par Labrousse.

116 — Sur la même feuille, quatre scènes principales de la *Vie du chevalier Bayard.* — A Paris, chez Jean, rue Saint-Jean-de-Beauvais, n° 10.

117 — Prieur. — *Massacre des patriotes de Mautauban, le 10 mai 1790.* — Gravé par Berthault.

118 — *Paris en Juillet 1831.* — Monument élevé à la mémoire des citoyens morts pour la liberté. — Gravé au trait par Thierry.

119 — *Démolition de la Bastille après le siège du 14 Juillet 1789.* — Dessiné d'après nature par G...

120 — *Prise de la Bastille le 14 Juillet 1789.* — Gravé par Dupin. — Se trouve au Bureau des révolutions de Paris, rue Jacob, n° 28.

121 — J. Bulthuis. — *Beltorming der Bastille, op der 14 den van Hooimaand 1789.* — Gravé par R. Vinkeles et D. Vryday, 1795.

122 — Gudin. — *La Bastille.* — *Vue du coin du Boulevard, 1789.* — Gravé par Borgnet.

123 — P.-F. Germain. — *Siège de la Bastille, le 14 Juillet 1789.* — A Paris, chez l'Auteur, rue Saint-Jacques, vis-à-vis celle Saint-Dominique, n° 171.

124 — Prieux. — *Prise de la Bastille le 14 juillet 1789.* — Gravé par Berthault.

125 — *Siège de la Bastille du 14 juillet 1789.* — Dessiné d'après nature et gravé par G.

126 — *Prise de la Bastille par les gardes françaises et les bourgeois de Paris, le mardi 14 juillet 1789.* — A Paris, chez Janinet, rue Haute-Fuerville, n° 5.

127 — *Prise de la Bastille.* — Pièce imprimée en bistre. — A Paris, chez Basset, rue Saint-Jacques.

128 — Thévenin. — *Prise de la Bastille par les bourgeois et les braves gardes françaises de la bonne ville de Paris, le 14 juillet 1789.* — Gravé à l'eau-forte par Thévenin.

129 — *Prise de la Bastille par les bourgeois et les braves gardes françaises de la bonne ville de Paris, le 14 juillet 1789.* — Pièce coloriée du temps.

130 — *La Bastille en 1788* (d'après des gravures anciennes) : Vue de la Bastille de la Cour du Passage (première enceinte); 2e Plan de la Bastille sur lequel est figuré l'emplacement de la colonne de Juillet. — Autographié par Gigon, dessinateur-autographe, éditeur, 32, rue Custine, Paris.

131 — *Portrait de Louis-Philippe-Josephe duc d'Orléans, né le 13 avril 1747* (1). — Chez Le Vachez, au Palais-Royal, no 258, avec privilège du roi.

132 — *Portrait de Talma recouvert par le costume de Napoléon Ier.* — Petite pièce de surprise coloriée.

133 — Fouquet. — *Portrait de Mme Rolland.* — Petite pièce de forme ronde. — Gravé par Chrétien.

134 — *Au nom de la liberté tout citoyen est soldat et tout soldat est citoyen. — 24 juillet 1789.* — Se vend à Paris, chez Gulfy.·. quay des Grands-Augustins, no 46.

135 — *Vue du Château des Tuileries.* — Siège du château des Tuileries par les braves sans-culottes et les intrépides Marseillais, le 10 aoust 1792 et l'époque de la République Française, etc., etc. — Piece coloriée. — A Paris, chez J. Chereau, rue Saint-Jacques, no 257.

136 — *Plan du Champ de Mars, tel qu'il a été disposé le 14 Juillet 1790, pour la mémorable Confédération de toutes les troupes et gardes nationales de France.* — Se trouve à Paris chez : L'Esclapart, libraire, rue du Roule, no 11, près le Pont-Neuf ; — Chereau, rue Saint-Jacques ; — et Journeaux, Hôtel de la Monnoye.

137 — *Prise de la Bastille.* — Pièce coloriée. — A Paris, chez J. Chereau, rue Saint-Jacques, près la Fontaine-Saint-Severin, no 257.

138 — *La Prise de la Bastille. Prise du Gouverneur.* — Gravure du temps. — Pièce coloriée. — Paris, Impr. N. Blanpain, 7, rue Jeanne.

139 — C.-N. Cochin. — *Prix d'émulation, 1793.* — Pièce coloriée. — Gravée par B.-L. Prévost.

140 — Duroy et Geoffroy. — *La Régénération de Nation Françoise en 1789. Hommage au Patriotisme des représentants de la Nation.* — Pièce imprimée en bistre. — Gravée par Bance.

(1) Petite pièce de forme ronde.

141 — KLAUBER. — *Supplice et mort de Foulon à la place de Grève, le 23 Juillet 1789.*

142 — DUPLESSI-BERTAUX. — *Entrée des Français dans Naples le 4 pluviôse an VII.* — Gravé par Desaulx.

143 — GIRARDET. — *L'Incendie du Corps de Garde sur le Pont-Neuf, le 29 août 1788.* — Terminé par Cl. Niquet.

144 — PRIEUR. — *Les Frères Agasse allant au supplice.* — Leurs corps rendus à leur famille le 8 février 1790. — Gravé par Berthault.

145 — PRIEUR. — *Les troupes du Champ de Mars partant pour la place Louis XV le 12 juillet 1789.* — Gravé par Berthault.

146 — PRIEUR. — *Les troupes du Champ de Mars partant pour la place Louis XV le 12 juillet 1789.* — Gravé par Berthault.

147 — PRIEUR. — *Offrandes faites à l'Assemblée Nationale par des Dames artistes le 7 septembre 1789.* — Gravé par Berthault.

148 — PRIEUR. — *Canons de Paris portés à Montmartre le 15 juillet 1789.* — Gravé par Berthault.

149 — PRIEUR. — *Pillage des armes au Garde-Meuble, le lundi 13 juillet 1789.* — Gravé par Berthault.

150 — DUPLESSIS-BERTAUX. — *Champ de Mars (4 juin 1815).* — Épreuve à l'état d'eau-forte.

151 — *Journée du Champ de Mai, année 1815.* — Pièce en noir. — Toutes marges.

152 — *Journée du Champ de Mai, année 1815.* — Pièce en noir. — Avant toutes lettres. — Grandes marges.

153 — *Journée du Champ de Mai, année 1815.* — Pièce en couleur.

154 — DESRAIS. — *La Justice, l'Égalité, la Raison, la Victoire, la Prudence.* — Médaillons de forme ovale, 7 pièces coloriées. — Gravé par Carré. — A Paris chez Basset, marchand d'estampes, rue Jacques, au coin de celle des Mathurins.

155 — *Vue de la Ville de Lyon.* — *Siège de Lyon en octobre 1793.* — Pièce coloriée. — A Paris, chez Mme Ve Chereau, rue Saint-Jacques, n° 10.

156 — C. L. DESRAIS. — *Conquêtes de la République Française.* — Louis XVI rentrant du jardin de la tour du Temple en 1792. — Gravé par Le Beau.

157 — *Conquêtes de la République Française.* — Interrogatoire de Louis XVI à la Convention Nationale, le 26 décembre 1792. — Gravé par Le Beau.

158 — *Une grande partie du peuple a été témoin du juste châtiment de l'abbé insolent*, caricature de 1791. — Pièce en couleur.

159 — *Cette liberté l'emporte malgré nous*, caricature de 1829. — Pièce gravée à l'eau-forte. — A Paris, chez Dubreuil, rue Zacharie, n° 8.

160 — *Triomphe d'Honoré-Gabriel-Riquetti Mirabeau.* — Belle épreuve, toutes marges.

161 — *Un monstre à trois têtes désignant les trois États de l'Aristocratie s'occupe à dévorer le reste du cadavre du peuple*, etc., etc., caricature. — Pièce coloriée. — Marges.

162 — *Récit historique des hauts faits de la Commune, 1871.* — Paris, chez Matt, éditeur, rue des Deux-Gares, 7, près la gare de Strasbourg.

163 — *Frères et Amis*, caricature. — Pièce gravée en manière de calligraphie.

164 — *La Liberté*, figure dans un médaillon de forme ronde. — Pièce en couleur. — A Paris, chez Joubert, rue des Mathurins : Aux deux Piliers d'Or.

165 — *L'Égalité*, figure dans un médaillon de forme ronde. — Pièce en couleur. — A Paris, chez Joubert, rue des Mathurins : Aux deux Piliers d'Or.

166 — De la Peigna. — *Reprise de la ville de Toulon par les armées de la République contre les Anglais et les Espagnols* (pièce à l'état d'eau-forte, gravée par D.-G. M.). — A Paris, chez le citoyen Jean, marchand d'estampes, rue Saint-Jean-de-Beauvais, n° 4.

167 — *Convoi de Très Haut et Très Puissant Seigneur des Abus, mort sous Louis XVI le 4 mai 1789.* — Pièce imprimée en bistre. — Grande marge, déchirure à un coin.

168 — Swebach-Desfontaines. — *Histoire de Hondschoote ; le 7 septembre 1793 ou 21 fructidor an Ier de la République.* — Gravé par Berthault.

169 — Boizot. — *Médaillon* de forme ronde, repésentant une figure coiffée d'un bonnet phygien et portant un joug brisé sur l'épaule. — Gravé par Darcis.

170 — BOIZOT. — *Médaillon* de forme ronde, représentant une figure couronnée de chêne et portant une massue sur l'épaule. — Gravé par Darcis.

171 — *Médaillon* de forme ronde, représentant une figure coiffée d'une peau de lion.

172 — *Médaillon* de forme ronde, représentant une figure coiffée d'un bonnet phrygien terminé à son sommet par la figure d'un coq; le bonnet est entouré d'une couronne de feuilles de chêne.

173 — *D'animaux malfaisants c'était un très bon plat.* — Pièce de forme ronde imprimée en bistre.

174 — *L'Œuf à la coque,* caricature représentant les trois Ordres. — Pièce imprimée en bistre.

175 — *Prise de la Bastille par les Bourgeois et les braves Gardes Françaises de la bonne Ville de Paris, le 14 juillet 1789.* — Pièce imprimée en bistre. — A Paris, chez Crépy, rue Saint-Jacques, 252.

176 — *Grand retour du ministre Linotte,* caricature. — Pièce gravée en manière noire.

177 — *Congé de Volontaires nationaux, 5e bataillon du département de la Drôme.* — La Pret, graveur. — A Besançon, de l'imprimerie de I.-F. Daclin.

178 — PRIEUR. — *Retour de Varennes, arrivée de Louis Capet à Paris le 25 juin 1791.* — Gravé par Berthault.

179 — *L'Orgue du Palais ou le tems perdu,* caricature. — Pièce en couleur.

180 — *Don patriotique des illustres françoises,* pièce coloriée. — Marge. — A Paris, chez J. Chéreau, rue Saint-Jacques, près la fontaine Saint-Séverin, n° 237.

181 — *Vue de la Montagne élevée au Champ de la Réunion pour la fête qui y a été célébrée en l'honneur de l'Être suprême le décadi 20 prairial de l'an II,* etc. — A Paris, chez Chéreau, rue Jacques, aux deux colonnes, près la fontaine Séverin, n° 257

182 — *La Journée à jamais mémorable aux Français où Louis XVI, restaurateur de la Liberté françoise se rendit à l'Hôtel de Ville le 17 du mois de juillet 1789.* — Pièce imprimée en bistre. — A Paris, chez Crépy, rue Saint-Jacques, n° 252.

183 — *Le pouvoir exécutif à cheval sur la Constitution,* caricature. — Pièce imprimée en bistre.

184 — *Ministre Linotte déclarant la guerre à la noblesse*, caricature. — Pièce imprimée en bistre.

185 — *Chute du ministre Linotte, — poudre à la maréchale, — le propagandier.* — 3 pièces caricatures en bistre.

186 — *Occupations militaires*, eau-forte, avant la lettre, numéro 15.

187 — *Assaut d'armes*, eau-forte avant la lettre, numéro 16.

188 — *Révolution de 1830.* — « Soldat en naissant le Français ne compte pas les années ». — A Paris, chez Codoni j[e] et Cie, rue Jean-Robert, n° 28.

189 — Nicolas. — *Brevet de volontaire de la Garde nationale non soldée.* — *District Saint-Honoré.* — Copia sc.

190 — *Marche nationale.* — *Cupidons, Tambour-Major national.* — A Paris, chez Driancourt, imprimeur en taille-douce, rue du Foin-St-Jacques, n° 6.

191 — *Séance du Conseil des Cinq-Cents tenue à Saint-Cloud, le 19 brumaire, An VIII.* — Pièce coloriée. — A Paris, chez Morret, rue de la Bûcherie, n° 5.

192 — *Pièce sur les Ballons.* — *Decs Nederlandfche Koc.* — Caricature allemande. — Édition du temps.

193 — *A la bonne heure... Chacun son écot...* — Pièce en noir. — Grandes marges.

194 — *L'homme au masque de fer.* — Pièce en couleur.

195 — *Mirabeau mourant.* — Pièce en couleur.

196 — *Prise de l'Hôtel-de-Ville de Paris, le 28 juillet 1830.* — Chez Cuissa, rue de la Montagne-Sainte-Geneviève, 25, à Paris.

197 — *Les formes acerbes.*

> Guerre à tous les agents du crime!
> Poursuivons-les jusqu'au trépas,
> Partagez l'horreur qui m'anime,
> Ils ne nous échapperont pas.

198 — Labrousse. — *Obsèques du général Marceau le 1er vendémiaire an V (22 septembre 1796 V. S.)*

199 — Gontat. — *Confédération des François et Paris l'an II de la Liberté, le 14 Juillet 1790.*

200 — L.-D. Leleu. — *1re Vue du Cortège de Sa Majesté Napoléon Ier, Empereur des Français, passant devant le Palais du Tribunal pour se rendre à Notre-Dame et y être sacré par le Pape Pie VII le 11 frimaire an XIII (2 décembre 1804).* — D'après le Dessin original qui est dans le cabinet de S. M. l'Impératrice. — Pièce coloriée.

201 — NAUDET. — *Vue de la Salle de Walse aux Fêtes du 14 Juillet et 1er Vendémiaire an Dix.* — Pièce coloriée.

202 — ANONYME. — *Mort courageuse de Fabre de l'Hérault.*

203 — *Action courageuse du Citoyen Mandement.* — A Paris, chez Sombret et Cie, quai de Voltaire, n° 17.

204 — S. L'AMÉRIQUE. — *Le Meâ Culpâ du Pape.* — Se vend à Paris, rue de La Harpe, n° 93. — Aqua-Tinte.

205 — *République Française,* figure allégorique sur vélin. — Gravé par B. Royer, an XI.

206 — *Vue de la Bastille, prise de la galerie faisant face au boulevard.* — Pièce de forme ronde en couleur.

207 — *Vue de la Bastille prise de la gallerie en face du boulevart.* — Petite pièce de forme ronde en couleur.

208 — *Révolutions de Paris : Louis XVI au Temple,* — *Vue du Temple.* — Deux pièces.

209 — *Prise de la Bastille par les Bourgeois et les braves Gardes Françaises de la bonne ville de Paris, le 14 juillet 1789.* — Dédiée à la nation. — Pièce en couleur.

210 — *Prise de la Bastille par les citoyens ayant à leur tête Messieurs les Gardes Françoises le 14 juillet 1789. Cette forteresse fut commencée en 1369 etc., etc.* — Pièce coloriée.

211 — *Pauvres moutons, ah! vous avez beau faire, toujours on vous tondra!!!* — Pièce lithographiée en 1848. — Lith. Deshayes, éditeur, rue du Petit-Pont, 21, Paris.

212 — *La Leçon de Catéchisme.* — Pièce lithographiée, signée A. N. — 1829. Au magasin des caricatures d'Aubert, galerie Véro-Dodat.

213 — A. VILLOT. — *Poste aux élections.* — *Ballon accéléré,* caricature de 1848. — Pièce lithographiée contenant les portraits de Napoléon III, Proudon, Lamartine, Cavaignac, Raspail, Ledru-Rollin.

214 — *Événements de 1830.* — *Charge de cuirassiers, quartier des Gobelins.* — *Funérailles au Marché des Innocents.* — Deux pièces lithographiées.

215 — *Représentation extraordinaire donnée au peuple Français, le 24 février 1848, au château des Tuileries.* — Pièce lithographiée. — Chez Doptr, éditeur, rue de La Harpe, 58, à Paris.

216 — A. PROVOST. — *Les Messageries Lafitte et Caillard.* — Pièce lithographiée par A. Provost.

217 — *Calendrier Napoléon pour l'année 1822.* — Pièce ornée de quatre vignettes placées aux angles ; portrait de Napoléon au centre. — 2 feuilles.

218 — *Liberté, Empire et Royauté, ou Six à Sept Têtes autour d'un Bonnet.* — A Paris, chez Charron, quai de la Cité, n° 35, au cabinet de lecture.

219 — *Fox et Pitt.* — Gravé à Paris, par Adam. — A Paris, chez Depeuille, rue des Mathurins-Saint-Jacques. — Deposse, à la Bibliothèque.

220 — *Un Sans-Culotte.* — Allégorie. — Pièce de forme ronde. — Sans nom d'auteur.

221 — *Fête du 14 juillet an IX.* — *Vue des trois théâtres construits aux Champs-Élysées dans le Carré Marigny, etc., etc.* — Paris, chez Basset, marchand d'estampes et fabricant de papiers peints, rue Saint-Jacques, au coin de celle des Mathurins, n° 670.

222 — TESSIER. — *Vue du Champ de Mars, le jour du 20 prairial l'an II de la République.* — Grande pièce coloriée.

223 — *Ici l'on danse.* — Vue de la décoration et illumination faite sur le terrain de la Bastille pour le jour de la fête de la Confédération Française, le 14 juillet 1790. — Grande pièce coloriée. — A Paris, chez Chereau, rue Saint-Jacques, près la fontaine. — Saint-Séverin, aux Deux Colonnes, n° 257.

224 — *Discours des sans-Culottes à l'Assemblée.* — Sabats Jacobites n° 60.

225 — DUPLESSI-BERTAUX. | *Soldats mitraillant la foule devant un Hôtel de Ville de Lyon.* — Pièce gravée à l'eau-forte.

226 — DUPLESSI-BERTAUX. — *Le Serment du Jeu de Paume.* — Petite pièce gravée à l'eau-forte. — Gravé par Duplessi-Bertaux.

227 — ARY SCHEFFER. — *La municipalité de Paris se rendant à Notre-Dame, 16 juillet 1789.*

228 — *Louis XVI à la Convention.*

229 — ARY SCHEFFER. — *Louis XVI repousse l'accusation d'avoir fait tirer sur le peuple.*

230 — SCHEFFER. — *Camille Desmoulins au Palais-Royal.*

231 — ARY SCHEFFER. — *La municipalité de Paris se rendant à Notre-Dame, 16 juillet 1789.*

232 — Ary Scheffer. — *Le prince de Lambesc chargeant le peuple aux Tuileries.*

233 — Scheffer. — *La Fédération.*

234 — Scheffer. — *La Fédération.*

235 — Scheffer. — *La municipalité de Paris à Notre-Dame.*

236 — Raffet. — *Mirabeau et M. de Brézé.* — Pièce sur chine.

237 — *La Fédération.*

238 — *Le Jeu de Paume.*

239 — Raffet. — *Procès de Danton, Camille Chabot, etc., le 22 février 1794.*

240 — *Bel exemple aux Mères, donné par Cornélie.* — Petite pièce de forme ronde en couleur.

241 — *Portrait de J.-S. Bailly, maire de la ville de Paris. — Portraits de Rousseau, Duc de Liancourt.* — Trois petites pièces de forme ronde en couleur.

242 — *Vue de la grande façade de la Bastille du côté de l'Arsenal, prise au moment de la démolition.* — Pièce de forme ronde en couleur.

243 — *Vue de la Bastille. Du coté du jardin, on voit les deux portes.* — Pièce de forme ronde en couleur.

244 — *Portrait de A. Mercier, sergent de la 4e Légion de la Garde Nationale de Paris, né à Mézy, le 31 mai 1767.* — Pièce litographiée. — Lith. de Engelmann. — Cinq pièces diverses.

245 — *Événement du 19 Février 1790. — Favras à l'Hôtel-de-Ville, dictant son testament.* — Pièce gravée à la manière noire.

246 — *Ouverture des États-Généraux le 5 Mai 1789. — Monsieur de Brezé, maitre des Cérémonies, plaçant les Députés.* — Pièce gravée à la manière noire.

247 — *Événement du 12 Juillet 1789.* — Pièce gravée à la manière noire.

248 — 2e *Evénement du 12 juillet 1789.* — Pièce gravée à la manière noire.

249 — *Evénement du 12 juillet 1789 : Incendie de la nouvelle Barrière des Gobelins.*— Pièce gravée à la manière noire.

250 — *Evénement du 13 juillet 1789 : Le peuple après avoir délivré les prisonniers de la Force*, etc., etc. — Pièce à la manière noire.

251 — 2e *Evénement du 14 juillet 1789 : Le Gouverneur de la Bastille après avoir fait baisser le 1er pont levi*, etc., etc. — Pièce gravée à la manière noire.

252 — 3e *Evénement du 14 juillet 1789 : Le brave Maillard*, etc., etc. — Pièce gravée à la manière noire.

253 — 5e *Evénement du 14 Juillet 1789 : Le marquis Delaunay conduit à la Ville par les Volontaires de la Bastille.* — Pièce gravée à la manière noire.

254 — 6e *Evénement du 14 juillet 1789 : Le marquis de Pellepont voulant arrachèr le Major de la Bastille des mains du peuple*, etc., etc. — Pièce gravée à la manière noire.

255 — *Evénement du 14 juillet 1789 : Transports des canons des Invalides.* — Pièce gravée à la manière noire.

256 — *Evénement de la nuit du 14 au 15 juillet 1789 : M. de Liancourt se jette aux pieds du Roi*, etc., etc. — Pièce gravée à la manière noire.

257 — *Événement du 15 juillet 1789 : Louis XVI sortant de l'Assemblée nationale*, etc., etc. — Pièce gravée à la manière noire.

258 — *Événement du 15 juillet 1789 : Louis XVI sortant de l'Assemblée nationale.* — Jolie pièce gravée à la manière noire. — Marges.

259 — *Événement du 17 juillet 1789 : Arrivée de Louis XVI dans la capitale, trois jours après la prise de la Bastille.* — Pièce gravée à la manière noire.

260 — *Événement du 17 juillet 1789 : Arrivée de Louis XVI dans la capitale, trois jours après la prise de la Bastille.* — Très jolie pièce gravée à la manière noire. — Marges.

261 — *Événement du 19 juillet 1789 : Émeute à Saint-Germain.* — Pièce à la manière noire.

262 — *Événement du 22 et 23 juillet 1789 : Insurrection de Strasbourg.* — Pièce gravée à la manière noire.

263 — *Événement du 23 juillet 1789 : Foulon après avoir été arrêté au village de Viry*, etc., etc. — Pièce gravée à la manière noire.

264 — *Événement du 23 juillet 1789 : Le peuple enlève la partie supérieure de la chaise qui amenait à Paris M. Bertier, Intendant de ladite ville.* — Pièce gravée à la manière noire.

265 — CHATAIGNIER. — *Bonaparte Consul premier en grand costume.*

266 — *Costume du Secrétaire général du Conseil d'État.*

267 — *Costume du Secrétaire d'État.*

268 — *Costume des Conseillers d'État.*

269 — *Costume des Ministres de la République française.* — 5 pièces en couleur. — A Paris chez l'auteur, rue Saint-Jacques, nº 54 : à Leipsic, chez Baumgartner.

270 — Impression sur soie. — *Promenade de la châsse de sainte Geneviève de Paris sortant de l'église Notre-Dame*, époque Louis XIV. — Beau cadre en bois sculpté doré.

271 — C. VERNET. — *Campement des cosaques aux Champs-Élysées.* Pièce en couleur remargée.

272 — ROUSSEAU. — *Baptême du roi de Rome.* — Gravure coloriée.

273 — DUFLOS. — *Officier des élèves de la Patrie, ci-devant enfants de la Pitié, 1793.* — Gravure coloriée.

274 — *A Paris chez Vallardi.* — Caricature hollandaise, pièce coloriée.

275. — ANONYME. — *Le Perruquier patriote.* — Pièce au bistre.

276 — LAGRENÉE. — *Vendémiaire.* — Pièce en couleur par Guyot.

277 — DESRAIS. — *Hommage rendu à Bonaparte.* — Gravure coloriée.

278 — ANONYME. — *Louis XVII.* — Gravure coloriée.

279 — ANONYME. — *Louis XVIII et sa famille.* — Gravure à deux tons.

280 — LE COEUR. — *Fête du Sacre et Couronnement de Leurs Majestés Impériales à l'Hôtel de Ville.* — Gravure coloriée.

281 — DOLCKH ST. — *Le Retour désiré.* — Gravure en manière noire.

282 — ANONYME. — *Le vieux malade de Ferney tel qu'on l'a vu en septembre 1777.*

283 — PRIEUR. — *Arrestation à Varennes.* — *Retour de Varennes.* — *Séparation de Louis XVI.* — *Deuxième séparation.* — *Derniers moments du roi.* — *Dernière entrevue.* — *Départ de la princesse Marie-Thérèse-Charlotte.* — *Marie-Antoinette conduite au supplice.* — *Mme Elisabeth sœur du roi.* — Neuf pièces gravées par divers.

284 — Paris chez G. — *Assemblée des Notables.* — Gravé au bistre, 1786.

285 — HUNIN. — *Costumes des représentants du peuple et autres fonctionnaires publics de la République française.* — Pièce coloriée.

286 — ANONYME. — *Dédié au regret du citoyen Necker.*

287 — Gravure ronde représentant un abbé à jambes de bouc, fauchant une gerbe de blé, portant les mots de toutes les vertus (époque de 1793 ?).

288 — *Vues de la colonne de Juillet.* — Gravé par Reville.

289 — SERGENT. — *Vue de la Place Louis XV et du Jardin des Thuilleries.* — Pièce de forme ronde en couleur, montée en dessin. — Gravé par Guyot.

290 — VERNET. — *Vue de l'Hôtel de Ville de Paris en 1792.* — Pièce de forme ronde en couleur, montée en dessin. — Gravé par Roger.

291 — *Photographie :* Vue prise du quai Voltaire représentant les travaux faits pour l'achèvement du Palais du Louvre.

292 — *Panorama de Paris, pris du pavillon de Flore, aux Tuileries.* — Pièce en couleur sur 2 feuilles collées ensemble. — Paris, chez Rittner, boul. Montmartre, nº 12, et chez Nepveu, libraire, passage des Panoramas, nº 26.

293 — BELANGEN. — *Vue du Pont-Neuf; Rétablissement de la statue d'Henri IV sur le Pont-Neuf.* — Gravé par Beaugean.

294 — *Vue de la pointe de la Cité et du pont d'Arcole, prise du Mail.* — Lithog. par Arnout.

295 — *Vue de la Bourse, Paris.* — Pièce lithographiée. — Lithographie Lordereau, éd., rue Saint-Jacques, 59, Paris.

296 — *Vue du Palais-Royal, Paris.* — Pièce lithographiée. — Paris, lith. Lordereau, édit., rue Saint-Jacques. 55.

297 — *Vue de l'Hôtel de Ville de Paris.* — Pièce lithographiée. — Lith. Lordereau, éd., rue Saint-Jacques, 59, Paris.

298 — Plan : *Le Bois de Boulogne près Paris.* par N. de Fer, géographe de sa Majesté catholique et de Monseigneur le Dauphin, avec privil. du Roy, 1705.

299 — *Plan de la Ville : Cité, Université et Fauxbourgs de Paris.* A Leide, chez Pierre Vander, Aa.

300 — SERGENT. — *Vue du Pont-Neuf et de la Samaritaine.* — Pièce de forme ovale en largeur, en couleur. — Gravé par Le Campions.

301 — *Principaux monuments de Paris*, représentés en dix-huit médaillons de forme ronde, épreuve coloriée. — A Paris, chez Esnauts et Rapilly, rue Saint-Jacques : A la Ville de Coutances, nº 209.

302 — Durand. — *Vue de l'Hôtel des Monnaies.* — Pièce de forme ovale en largeur, en couleur. — Gravé par Janinet.

303 — *Vue de la Colonne du Grand-Châtelet.* — Pièce en couleur. — A Paris, chez Le Cœur, graveur, rue Mouffetard, nº 89.

304 — Sergent. — *Vue de la Cloche du Palais.* — Pièce de forme ovale en hauteur, en couleur. — Gravé par Le Campions fils.

305 — Sergent. — *Vue du Bas-Relief du Pont au Change.* — Pièce de forme ovale en hauteur, en couleur. — Gravé par le Campion fils.

306 — *Saint-Pierre-des-Arcis.* — Pièce en couleur. — Gravé par J.-A. Le Campion.

307 — *Revue, Cour des Tuileries, sous Napoléon Ier.* — Eau-forte. — Gravée par Duplessi-Bertaux.

308 — *Plans de la Ville et des Faubourgs de Paris.* — Plan entouré de onze vignettes représentant les principaux monuments de Paris. — Gravé par Chalmandrier.

309 — *Ponorama de Paris pris du pavillon de Flore aux Thuileries.* — Pièce en couleur. — Imprimé sur deux feuilles collées ensemble. — Paris, chez Rittner et Goupil, et chez Nepveu, libraire.

310 — Arnout. — *Promenade pittoresque dans Paris.* — Sur la même feuille, neuf vues de Paris : — *Fontaine de Grenelle.* — *Halle au bled.* — *Château-d'Eau.* — *Place du Palais-Royal.* — *Opéra, rue Lepelletier.* — *Arc de triomphe du Carausel.* — *Colonnade du Louvre.* — *Place des Victoires.* — *Saint-Eustache.* — *Entrée des Thuileries côté du pont Royal.* — Lithographie coloriée. — A Paris, chez Clément, quai Voltaire, nº 1.

311 — *Panorama de Paris pris du pavillon de Flore.*

312 — *Panorama de Paris pris du pavillon de Flore.*

313 — *Panorama de Paris pris du pavillon de Flore.*

314 — *Panorama de Paris pris du pavillon de Flore.* — 4 pièces en couleur.— A Paris, chez M. J. H. Rittner, marchand d'estampes, boulevard Montmartre, nº 12.

315 — Michalon. — *Vue de Montmartre prise de St-Chaumont en 1815.* — Gravé par Jazet. — A Paris, chez Ostervald l'aîné, éditeur, rue de la Parcheminerie, n° 2.

316 — L. Ch. de Lespinasse. — *Pavillon à Trianon.* — Avant toutes lettres. — Gravé par L. J. Masquelier.

317 — Lespinasse. — *1re Vue du Palais de Trianon prise du côté du Canal, à l'entrée du grand parc de Versailles.* — A.P. D.R. — Gravé par Duparc.

318 — Anonyme. — *Marchands de Tableaux et Gravures installés sous un des Péristyles du Louvre.* — Épreuve avant toute lettre.

319 — *Vue de l'Ile Louviers* — Pièce en couleur, sans marge.

320 — Courvoisier. — *Cérémonie du 4 avril 1814 sur la place Louis XV.* — Pièce coloriée. — Gravé par Dubois.

321 — *Veü d'une partie de l'Hostel Rojal des Gobelins, où sont establies les Manufactures des meubles de la couronne.* — Gravé par Sébastien le Clerc. — Se vendent chez l'auteur, aux Gobelins, et Gantrel, rue Saint-Jacques, à l'image Saint-Maur avec privilège du Roy.

322 — *Explosion d'une machine infernale, rue Saint-Nicaise.* — Pièce coloriée. — A Paris, chez Basset.

323 — *Vue perspective de la Fontaine des Innocents.* — Pièce en couleur gravée par Carrée en 1790. — Paris chez Depeuille.

324 — Meunier. — Sur la même feuille : 1° *Vue du Théâtre de la République.* — 2° *Vue du Théâtre de la République.* — Gravé par Née.

325 — Meunier. — *Vue du Château de Sceaux.* — *Vue de la Cascade du Parc de Sceaux.* — Gravé par Née.

326 — Moitte. — *Vue extérieure de Notre-Dame prise au moment de l'arrivée des Gardes Françaises et Suisses, le jour de la Bénédiction des Drapeaux.* — *Vue intérieure de Notre-Dame au moment de l'arrivée de la Reine pour l'action de Grâce de la naissance de Monseigneur le Dauphin.* — Gravé par Née.

327 — *Façade de la nouvelle entrée de l'Hôtel-Dieu de Paris, construite en l'an* XII *par Clavereau, architecte.* — Pièce coloriée.

328 — Courvoisier. — *Vue du Pont Notre-Dame.* — Gravé par Blanchard.

329 — *Sceaux et environs.* — Pièce avant toutes lettres. — Gravé par Ch. Brunesau, 1779.

330 — *Vue du Dôme des Invalides, et partie de l'Ecolle Royalle militaire.* — Pièce coloriée. — A Paris chés Mondhare.

331 — *Vue perspective de la Ville de Paris prise au dessous du Pont Royal.* — Pièce coloriée.

332 — *Vue perspective de l'Hôtel Royal des Invalides.* — Pièce coloriée.

333 — *La Porte Saint-Denis sortant de Paris.* — Pièce coloriée. — A Paris, chez Daumont.

334 — *Le Palais des Thuilleries du côté de la cour.* — Pièce coloriée. — A Paris, chez Chereau.

335 — *Les Boulevards de Paris près du Grand Caffé près le Réservoir de la Ville.* — Pièce coloriée. — A Paris, chez Daumont.

336 — *La Porte Saint-Martin, sortant de Paris.* — Pièce coloriée. — A Paris, chez Daumont.

337 — *Le Palais des Tuileries du côté de la Cour.* — Pièce coloriée. — A Paris, chez Daumont.

338 — *Grand Caffé* d'*Alexandre sur les boulevards de Paris.* — A Paris, chez Daumont.

339 — *Plan de Paris : Paris, Lutétia, Parisii, Ville capitale du Royaume de France et la première de l'Europe, très riche et très abondante en toutes sortes, etc., etc.* — Pièce coloriée. — A Paris, chez Daumont.

340 — *Vue de la Porte de la Treille de l'incendie de la foire Saint-Germain à Paris arrivé la nuit du 16 au 17 mars 1762.* Pièce coloriée. — A Paris, chez Jacques Chereau.

341 — *Vue du Dôme des Invaledes et partie de l'Ecolle Royale militaire.* Pièce coloriée. — A Paris, chez Monthare.

342 — *Vue d'un feu d'artifice tiré devant l'Hôtel de Ville en réjouissance de la Paix.* — Pièce coloriée. — A Paris, chez Basset.

343 — *Vue de la marche Cérémoniale observée pour la publication de la paix en arrivant à l'Hôtel de Ville à Paris,* — pièce coloriée, — à Paris, chez Basset.

344 — *Porte Saint-Martin, sortant de Paris,* — pièce coloriée. — A Paris, chez Daumont.

345 — *Le Pont-Marie et le Pont-Rouge à Paris,* — pièce coloriée, — à Paris, chez Daumont.

346 — *Le château des Tuileries du côté du Pont-Royal à Paris*, — pièce coloriée.

347 — *Vue des Boulevard prise du premier caffé près le réservoir de la ville* — pièce coloriée, — à Paris, chez Mondhard.

348 — *Vue de l'Hôtel des Monnaies, prise du Pont-Neuf.* — Pièce coloriée. — A Paris, chez Basset.

349 — *Vue et perspective de la ville de Paris, prise du Pont-Royal.* — Pièce coloriée. — A Paris, chés Daumont.

350 — *Vue et perspective d'un feu d'artifice tiré devant l'Hôtel de Ville pour la publication de la paix à Paris.* — « Permis d'imprimer et distribuer le 17 juin 1763. De Sartine. » — Pièce coloriée. — A Paris, chez Basset.

351 — *Vue et perspective du palais des Thuilleries du côté du jardin.* — Grande pièce coloriée. — A Paris, chés Daumont.

352 — *Vue du Pont-Royal et du Pont-Neuf, à Paris.* — Pièce coloriée. — A Paris, chés Daumont.

353 — *Vue de Paris, depuis Nostre-Dame jusques au pont de la Tournelle, prise du quai de Miramion où l'on voit dans l'éloignement l'Hostel de Ville, Saint-Jean-en-Grève, Saint-Gervais et le pont Rouge.* — Pièce coloriée. — A Paris, chez Jacques Chéreau, rue Saint-Jacques, au-dessus de la Fontaine Saint-Severin, aux deux colonnes, n° 257.

354 — *Vue et perspective de la superbe galerie élevée dans la Place de Grève à l'occasion de la naissance de Mgr le Dauphin où la Ville donna un magnifique festin au Roi et à la Reine, ainsi qu'à toute la Cour et d'où leurs Majestés virent tirer le feu d'artifice le lundi 21 janvier 1782.* — Pièce coloriée. — Gravé par La Chaussée. — A Paris, chez La Chaussée, graveur.

355 — *Vue perspective des Illuminations de la rue de la Ferronnerie, du côté de la rue Saint-Denis à Paris à l'occasion de l'heureuse convalescence de Sa Majesté en 1745.* — Pièce coloriée. — A Paris, chez Daumont.

356 — *Le Grand Bassin au bout de la grande allée des Thuilleries, à Paris.* — Pièce coloriée. — A Paris, chez Daumont.

357 — *Le Pont Marie et le Pont Rouge à Paris.* — Pièce coloriée. — A Paris, chez Daumont.

358 — *La foire Saint-Ovide, qui se tient dans la place Vendôme, à Paris.* — Pièce coloriée. — A Paris, chez Chereau.

359 — CHAUFOURIER. — *Vue et Perspective du Palais-Royal du côté du Jardin.* — Pièce coloriée. — Gravé par A. Aveline. — A Paris, chez Jean.

360 — *Vue de l'École Militaire du côté du Champ-de-Mars, à Paris.* — Pièce coloriée. — A Paris, chez Mondhare.

361 — ANONYME. — *Vue perspective de la ville de Paris, prise au-dessous du Pont-Royal.*

362 — *Vue perspective de la Porte Saint-Bernard en entrant dans Paris.* — Pièce coloriée. — A Paris, chez Chereau.

363 — *Vue du Palais du Luxembourg, prise de la terrasse du jardin.* — Pièce coloriée.

364 — *Le Château des Tuileries du côté du Pont-Royal, à Paris.* — Pièce coloriée.

365 — *Vue du Louvre, du Pont-Royal, des Thatins et de l'hôtel de Conty, prise du Pont-Neuf.* — Pièce coloriée.

366 — MONTAUT. Sur la même feuille : *Deux Vues de la Salle des séances de la Chambre des députés.* — Gravé par Couche fils.

367 — ISRAEL SILVESTRE. — *Perspective de l'Église Nostre-Dame veue du quay de la Tournelle.*

368 — L. SILVESTRE. — *Vue de l'Arsenal de Paris et du Mail.* — Gravé par Perelle.

369 — *L'Hostel de Mars dit les Invalides.*

370 — *Promenade pittoresque dans Paris.* — Sur la même feuille, neuf vues : *Cour et Fontaine du Marché Saint Germain — Fontaine de la place de la Concorde — Hôtel de Cluny — Serres du Jardin des Plantes — Arc de Triomphe de l'Étoile; côté de Paris — Jardin du Palais-Royal — La Bourse — Saint-Vincent-de-Paul — Le Louvre.* — Pièces coloriées. — Paris, chez Clément.

371 — *Vue perspective de l'Illumination de la rue de la Ferronnerie du côté de la rue Saint-Denis.* — Exécutée le 8 septembre 1745 par les soins de Messieurs les Gardes des six corps des Marchands, à l'occasion du retour de Sa Majesté et de sa glorieuse campagne de Flandre. — Les figures par Marois, la perspective par Bovait. — A Paris, chez le sieur Bailleul, graveur et géographe du Roy, place Maubert : A la Couronne d'Or, vis-à-vis la rüe Perdu. — Il grave aussi des lettres de Chanche.

372 — L. Ch.-D. Leop. — *Pavillon à Trianon.* — Avant toutes lettres. — Les noms à la pointe, gravés par L.-I. Masquelier.

373 — Meunier. — *Cour intérieure du Palais-Royal.* — Épreuve avant lettre. — Gravé à l'eau-forte par De la Porte.

374 — Garnot. — 1789. *Portrait de Bouzé, un des vainqueurs de la Bastille.* — Toile signée et datée.

375 — Le Paon. — *Portrait du général Washington.* — Gravé par le Mire. — Belle épreuve encadrée, avant la lettre.

376 — Dubouloz. — *Prise du pont d'Arcole, 1830.* — Peint sur toile.

377 — Pillement. — *Trois feuilles chinoiseries compositions de fleurs.* — Pierre noire.

378 — *Dessins* par Louis-Marty-Benedict Masson et *gouache italienne représentant le tombeau de Cicéron.*

379 — *Intérieur de la Chambre des Députés en 1819.* — Paris chez Domerc.

380 — Fragonard fils. — *Frontispice pour les tableaux de la Révolution.* — Grav. par Copia. — Épreuve avant la lettre.

381 — Desrais. — *Exécution du roi Louis XVI.* — Croquis à la plume.

382 — *Constitutions qui ont régi la France depuis 1787 jusqu'à 1840.* — 9 planches en manière noire, avec le texte et cartonnage de l'époque. — Paris, Dussillon, 1840.

383 — Sergent. — *Portrait du général Marceau,* représenté de haut tète nue; il est peint avec l'uniforme qu'il portait le jour de sa mort. Très belle et rare épreuve en couleur.

384 — Duplessis. — *La révolution française arrivée sous Louis XVI.* — « A la nation française, les protestants reconnaissants. » — Deux pièces, toutes marges.

385 — Nodet. — *Prise de Malthe.* — *Débarquement de Bonaparte. 24 juin 1798.*

386 — *Vue perspective du Sallon de l'Académie royale de peinture et sculpture au Louvre.* — Paris, chez J. Chereau, pièce coloriée.

386 *bis* *Vue des Montagnes russes de Belleville, près Paris.* — Pièce coloriée.

386 *ter* *Vue de la nouvelle Décoration de la foire Saint-Germain.* — Pièce coloriée.

387 — Fortier. — *Les Politiques.* — Épreuve avant la lettre.

388 — Duplessi-Bertaux. — *Retour de Louis XVIII.* — Belle épreuve à l'état d'eau-forte.

389-390 Sous ces numéros, les gravures encadrées omises.

DESSINS ET AQUARELLES

391 — V. ADAM. — *Exhumation du cercueil de Napoléon Ier à Sainte-Hélène.* — Sépia.

392 — V. ADAM. — *Monument de Napoléon Ier au retour de Sainte-Hélène.* — Sépia.

393 — V. ADAM. — *Le rêve d'un socialiste.* — Mine de plomb (1848).

394 — ANONYME. — 60 gouaches. — *Drapeaux des Sections de Paris.* — Ces soixante gouaches originales ont été réunies dans le même cadre et offertes au général Lafayette, en 1790.

Elles portent les inscriptions suivantes, toutes de la même époque et exécutées en même temps.

Les voilà ces drapeaux sous qui tout est possible,
Sous qui nous triomphons de nos tirans jaloux.
Sparte eut un bataillon surnommé l'Invincible,
Les Bataillons français lui ressembleront tous.

Par M. LEMIÈRE, de l'Académie française.

Drapeaux des soixante bataillons de la garde nationale parisienne, formée au mois de juillet 1789, époque à jamais mémorable de la Révolution et commandée par le général Lafayette.

Par un chasseur du bataillon des Petits-Augustins.

NOTA. — Toutes les gouaches des soixante districts de Paris, les inscriptions et légendes réunies sur la même feuille et sous le même cadre sont de l'époque de 1790.

Cette collection est absolument unique.

395 — Anonyme. — Projet de médaille avec bonnet phrygien, niveau et bonne foi, daté 1848. *République française :* Liberté. Égalité. Fraternité. — Dessin à la sépia.

396 — Miniature représentant Bonaparte au camp de Boulogne recevant un envoyé anglais.

397 — Anonyme. — *Les Massacres de la prison de la Force, 2 septembre 1792.* — Dessin-aquarelle du temps.

398 — Anonyme. — Pendant du précédent : *Journée du 3 septembre 1792.*

399 — Anonyme. — Frontispice destiné à recevoir un ruban de décoration délivré à un nommé Kolb. — Gouache exécutée pour un vainqueur des Glorieuses,

400 — Anonyme. — *Arrivée de la Duchesse d'Angoulême à Bordeaux.* — Plume et lavis.

401 — Anonyme. — *Retraite de Russie.* — Lavis.

402 — Anonyme. — *Projet de médaille concernant le nouveau bassin de la ville de Dieppe sous Napoléon Ier.*

403 — Anonyme. — *Vieux habits,* dessin satyrique du retour des émigrés, — Plume et bistre.

404 — Anonyme. — *La Coalition.* — Dessin satyrique concernant les alliés. — Aquarelle.

405 — Anonyme. — *Henri V enfant à Vincennes.* — Aquarelle.

406 — Anonyme. — *Portrait de Masséna.* — Lavis.

407 — Anonyme. — *Musicien de la Garde des Colonies 1790.* — Dessin colorié.

408 — Anonyme. — *Monument funéraire à la mémoire de J.-B. Monnier, le respect et la reconnaissance.* — Aquarelle.

409 — Anonyme. — *Napoléon Ier.* — Plume.

410 — Anonyme. — Dédié aux représentants de la Nation : *Tombeau élevé par Palloy pour les cadavres trouvés dans les démolitions de la Bastille en 1790.*

411 — Anonyme. — *Monument à élever aux Volontaires de la Meurthe, d'après Palloy.*

412 — C... — *Portrait de Mme Roland.* — Lavis.

413 — Couché fils. — *Siège de la Bastille.* — Sépia daté 1822.

414 — Dagoty. — *La Municipalité rétablie et la Garde nationale créée en 1789.* — Plume.

415 — Demachy. — *La Place de la Révolution en 1794.* — Aquarelle.

416 — Desrais. — *Louis XVI et la Famille royale.* — Plume et lavis.

417 — Gros. — *Napoléon Ier visitant un hôpital.* — Plume et sépia.

418 — Hennequin. — *Allégorie sur la mort de Louis XVI.* — Plume et bistre.

419 — Isabey. — *Clémence de Napoléon Ier.* — Lavis de bistre.

420 — Job. — *Suzanne et les Vieillards.* — Plume, allégorie à la 3e République.

421 — Johannot (A.). — *Bonaparte signant le traité de Campo-Formio.* — Mine de plomb.

422 — Koffmann. — *Vue de Notre-Dame de Paris et de l'Hôtel-Dieu.* Aquarelle, 1841.

423 — Lafitte. — *Trophée d'armes, étendards, canon, obusier, croquis pour frontispice.* — Plume.

424 — Lafitte. — *Projet de frontispice pour l'administration des Charrois militaires de la République.* — Plume.

425 — Lebeau. — *Allégorie sur la Révolution de 1789.*

426 — Le Camus de Mézières. — *Plan de la Halle aux blés*, 1743.

427 — Lévis. — *Le bas quai des Saints-Pères et les Tuileries.* — Aquarelle.

428 — Mallet. — *Distribution de vin à la fête de la Saint-Louis.* — Lavis de bistre.

429 — Martinet. — *Naissance de Henri IV.* — Sépia.

430 — Martinet. — *Vue de l'audience diplomatique tenue par Napoléon Ier.*

431 — Martinet. — *Napoléon Ier aux Halles, harangué par un homme du peuple.* — Sépia.

432 — Martinet. — *Bataille de Leipsick.* — Plume et sépia.

433 — Massard. — *Le Prince Louis-Napoléon dans une échauffourée à la Chambre en 1848.* — Mine de plomb.

434 — Moitte. — Dessin représentant le bas-relief qui fut exécuté par cet artiste pour l'arc de triomphe placé à l'entrée du Champ de Mars lors de la fête de la Fédération en 1790.

435 — Paumel. — *Attributs de la Société de l'Arc de Saint-Maur, près Paris.* — Aquarelle.

436 — Pfeiffer. — *Établissement de la République Batave.* — Dessin au lavis.

437 — Posteau (d'Arras). — *Projet de monument funèbre à la mémoire de Madame Elisabeth de France.*

438 — Posteau (d'Arras). — *Projet de monument funéraire pour les funérailles du général Hoche.* — Lavis.

439 — Raffet. — *Bonaparte en Égypte.* — Aquarelle, ex-collection San Donato.

440 — Sainson. — *Projet de Calendrier rural.* — Très beau dessin à la plume.— « Dédié à M. Godet, par Sainsoin, officier du génie, l'an III de la République française. »

441 — Swebach-Desfontaines. — *La Bataille de Leipsick.* — Très beau dessin au bistre encadré.

442 — Thévenin (C.). — *Prise de la Bastille.* — Dessin original à la pierre noire. — A été gravé.

443 — Trobriant. — *Portrait du comte de Chambord.* — Mine de plomb, daté 1844.

444 — *Médaillon* rond, fond noir, avec attributs maçonniques.

445 — *Porcelaine de Custine.* — 2 Tasses et Soucoupes contenant dans un médaillon ovale les attributs des trois ordres. — Signées de la couronne du double C. et A. 93.

446 — *Bois tourné.* — Pomme de canne formant le profil de Louis XVI.

447 — *Bourse* brodée en argent aux armes de France et couronne royale. — Provenant de Madame Elisabeth.

448 — *Cadre* contenant le portrait du général Lafayette.

449 — *Broderie* à la chenille et aux paillons, armes de France, colombes, chiffre de Louis XVI et légende: *Fidélité au Roi.*

450 — *Miniature* sur ivoire, scène d'intérieur avec légende : *Le tiran est mort, j'apporte le rameau de la liberté, W la liberté an II.*

451 — *Ivoire.* — Pomme de canne représentant l'exécution du roi Louis XVI; elle est surmontée d'un bouton tourné formant en silhouette le Profil du roi. — Travail du temps avec légende.

452 — *Plaque* ronde en plomb, avec légende République : *Voilà notre maître à tous* — Paris 24 février 1848. — *En s'appuyant sur la religion la liberté fera le tour du monde.*

453 — *Broderie.* — Paire d'Épaulettes en drap noir brodé d'argent, avec franges, bonnet phrygien, lance et bonne-foi. — Travail ancien.

454 — *Boucles* de souliers en bronze découpé, avec légende : *Le prix du Patriotisme français.*

Nota. — Ces boucles furent données aux citoyens qui avaient offert des dons pour la patrie.

455 — Nini. — *Médaillon* en terre cuite : *Benjamin Franklin.*

456 — *Miniature* sur ivoire. — *Portrait de Robespierre,* cadre en argent et strass.

457 — *3 insignes* en bronze doré, avec légendes : *République française.* — *Action de la loi. Tribunal de 1re instance.* — *République française, respect à la loi.* — *Respect à la loi.*

458 — Autres, avec parties émaillées : *La Loi.* — *La Loi et la Paix.*

459 — *Décoration* formée d'une bonne foi, d'un canon, d'une hache croisée avec couronne de lauriers, lettre majuscule N surmontée d'un chapeau de Napoléon. — Au revers l'inscription : *Burc, fourrier au 3e régiment grenadiers à pied, garde impériale.*

460 — *Bronze.* — Dessus d'horloge avec bonnet phrygien et coq veillant pour la nation.

461 — *Médailles en bronze et en plomb : les Montgolfier.* — *Prise de la Bastille.* — *Génies de liberté.* — *Mirabeau.* — *Lepelletier et autres.* — Ce lot sera divisé.

462 — *Nacre.*— Bouton d'habit représentant les trois ordres, 1789.

463 — *Bouton d'habit* peint sous verre, avec cocarde tricolore et légende : *Vive la République une et indivisible !* — *La Liberté ou la Mort !*

464 — *Médaille* de représentant du peuple, an VI, Conseil des Anciens. — Constitution de l'an III.

465 — *Trois broderies* en drap rouge et or avec les mots : *Constitution, Liberté* et *Bonnet phrygien,* 1789-1791.

466 — *Douze boutons* peints sous verre, avec trophée surmonté d'un bonnet phrygien, 1793.

467 — *Boîte* ronde en vernis blanc, avec gravure en couleur : *Portrait de Necker*, époque de 1789.

468 — Autre de même travail, avec portraits de *Marie-Antoinette* et de *Louis XVI*, 1789.

469 — Autre de même travail, avec portraits de *Louis XVI* et *Lafayette*, 1789.

470 — *Cadre* rond contenant une petite gravure en couleur, assignats.

471 — *Boîte* ronde en poudre d'écaille, avec Lion populaire tenant une pique surmontée d'un bonnet phrygien et légende suivante : *Le 21 septembre 1792, l'an I de la République française.*

472 — *Boîte* en verre avec peinture, époque 1830, légende : *27-28-29 juillet 1830. Charte. Droit du peuple.*

473 — *Boîte* en buis avec bas-relief en étain. — Allégorie à Necker et légende : *la Vertu récompensée.*

474 — *Porcelaine de Paris.* — Pipe décorée d'un médaillon avec cage dont l'oiseau est échappé, surmonté d'un bonnet phrygien et de rubans tricolores, époque de 1790.

475 — *Porcelaine de Paris.* — Pipe présentant sur sa face le Génie de la Liberté tenant des chaînes rompues. Au fond, la Bastille. — Au revers, bonnet phrygien avec rayons solaires, époque de 1789.

476 — *Terre cuite* par Chaudet. — Projet d'autel de la Patrie, à quatre faces, avec emblèmes des divers ordres et les mots *Liberté, Égalité, Fraternité, Justice*, époque de 1791.

477 — Chinard (Joseph). — *La Justice* représentée debout, le bras gauche élevé supportant un bouclier, la main tenant les balances; le bras droit tient un glaive, la pointe dirigée à terre; à ses pieds un serpent, une colombe se réfugie vers elle. — Sur un fût et la base, les inscriptions suivantes : « Espérez, innocents. » — « Par un

prisonnier, 25 pluviôse. » — Sur le socle, l'inscription suivante :

Je rends à la vertu sa première blancheur
Et immole à ses yeux le farouche oppresseur.

Œuvre citée par les biographes et dans le dictionnaire de Larousse.

478 — *Sèvres.* — Médaillon ovale, armes de la ville de Paris surmontées d'un bonnet phrygien.

479 — *Demi-caisse* d'un tambour de la première République avec drapeaux et bonnet phrygien.

480 — *Échantillon* de papier peint, époque de la première République. Cocarde faisceau, bonnet phrygien et légende.

481 — *Lot d'affiches.* — Proclamations de la première République, des alliés en 1814, de la révolution de 1848 et du plébiscite de 1851.

482 — *Révolution de Paris.* — 7 volumes avec vignettes. — Prudhomme, Paris, 1790.

483 — Sous ce numéro, Dessins, Gravures et Objets omis.

484 — Trois Tapisseries anciennes d'Aubusson.

485 — Une Tapisserie ancienne de Bruxelles.

IMPRIMERIE CHAIX, RUE BERGÈRE, 20, PARIS. — 26898-11-91.

www.ingramcontent.com/pod-product-compliance
Ingram Content Group UK Ltd.
Pitfield, Milton Keynes, MK11 3LW, UK
UKHW021959260726
13994UKWH00004B/1846

9 782329 435053